KB042117

화방사 꼬마

시작시인선 0505 화방사 꼬마

1판 1쇄 펴낸날 2024년 7월 19일
지은이 윤중목
펴낸이 이재무
기획위원 김춘식, 유성호, 이형권, 임지연, 차성환, 홍용희
책임편집 박예솔
편집디자인 민성돈, 김지웅, 정영아
펴낸곳 (주)천년의시작
등록번호 제301-2012-033호
등록일자 2006년 1월 10일
주소 (03132) 서울시 종로구 삼일대로32길 36 운현신화타워 502호
전화 02-723-8668
팩스 02-723-8630
블로그 blog.naver.com/poemsijak
이메일 poemsijak@hanmail.net

ⓒ윤중목, 2024, printed in Seoul, Korea

ISBN 978-89-6021-771-3 04810
      978-89-6021-069-1 04810(세트)

값 11,000원

*이 책 내용의 전부 또는 일부를 재사용하려면 반드시 저작권자와 (주)천년의시작 양측
  의 동의를 받아야 합니다.
*잘못된 책은 바꾸어 드립니다.
*지은이와 협의하에 인지는 생략합니다.

화방사 꼬마

윤중목

천년의 시작

어느 훗날이리라
폐문부재에 수취인불명으로 나풀거릴
내 시와 내 이름을 위해
비로소,
내 형신形神의 안식을 위해

차 례

시인의 말

제1부

파블로프의 개 ——— 13

커피 한 잔 ——— 15

김수영과 류현진과 나 ——— 17

뒷집 리트리버 ——— 18

여의도 ——— 19

군중 ——— 20

엘리베이터 ——— 21

아인슈타인 ——— 22

비상구 ——— 24

신자유주의 ——— 25

동상이몽 ——— 26

인생 강독 ——— 27

오늘의 금언 ——— 28

오바이트 ——— 29

즉석복권 ——— 30

제2부

낙엽에게 ——— 35

대설大雪 ——— 36

화방사 꼬마 ——— 37

엄마였구나 ——— 39

엄마표 효도 ——— 40

불효통不孝痛 ——— 41

제망모가祭亡母歌 ——— 42

위빠바 ——— 43

옥수동 비둘기 ——— 45

방생 ——— 46

학구 ——— 48

밥내 ——— 50

겨울밤 ——— 51

안부 ——— 52

제3부

낭만에 대하여 ———— 57

노벨상 ———— 59

미스트 ———— 60

생활의 발견 ———— 61

화장실에서 ———— 62

치약을 짜며 ———— 63

헌책방 ———— 65

청국장 최 씨 ———— 66

다들 이렇쥬? ———— 67

나구려 쌀림 ———— 68

파키라 화분 ———— 69

혈중생형극 ———— 70

전성기 ———— 72

자화상 ———— 74

제4부

위인 동상 3등 ──── 77

무등을 거쳐 ──── 79

부활 ──── 81

임진강 ──── 82

신新 우리의 소원 ──── 83

서울의 양심 ──── 84

이상재 ──── 86

내가 죽는다니요 ──── 87

그리하여 대한민국 국가는 들으라! ──── 90

나의 시론 ──── 97

해 설

오민석 따뜻한 수다, 현상에서 구조로 ──── 98

제1부

파블로프의 개

출입구는 전부 봉쇄되었다.

계단 통로마다 화약 냄새 구릿한 총신이 번득인다.

뒤편의 비상구도 황록색 독가스로 뿌옇게 덮여있다.

반사적으로 빠르게 창밖을 내다본다.

뛰어내리는 것은 누가 봐도 자살행위다.

이윽고 전등이 모두 나가며 어둠의 공포마저 가중된다.

아주 낮게 삐삐거리는 무전기 소리가

곤두선 신경 다발의 더듬이에 날카롭게 탐지된다.

그 위에 곧바로 포개지는 저벅저벅, 저벅, 저벅

포위망을 좁혀오는 진압군의 묵중한 워커발 소리.

세 명인가? 네 명? 아니 다섯? 여섯 명?

순간 일제히 걸음이 멈추더니 제자리에 붙어서서 미동조
차 않는다.

뭐지? 극도의 긴장감에 심장 고동소리도 숨소리도 따라
멎는다.

이어 움츠러진 등골을 타고 주룩 식은땀이 흘러내리자

공기 속 도사리던 살기가 썩은 독사 같은 비린내를 뿜는다.

그때였다.

쾅! 쾅쾅! 쾅!

연달은 폭발음과 함께 오관이 부르르 떨리고

뒤틀려지는 얼굴 근육 위로 날아와 꽂히는
아악!
숨통이 끊기는 듯 찢어지는 외마디소리.
…… …… ……
…… …… …… ……
…… ……
주변이 훤하게 밝아지며 장내 스피커가 붕붕대기 시작한다.

"알려드립니다, 알려드립니다.
지금까지는 실제상황이 아니라 훈련상황이었습니다."
"다시 한번 알려드립니다.
지금까지는 실제상황이 아니라 훈련상황이었습니다."

커피 한 잔

펄 시스터즈라고 옛날에 듀엣 자매가수가 있었는데요
언니는 동아건설 최 회장님의 부인이 되셨고요
지금으로 치자면 아이돌 걸그룹인 셈이었는데요
근데 초대형 히트곡이 〈커피 한 잔〉이었는데요
신중현 씨가 작곡 작사 다 한 노래였구요
커피 한 잔을 시켜놓고 그대 오기를 기다려 봐도
웬일인지 오지를 않네 내 속을 태우는구려
뭐 이러는 가사였는데요
기다림이란 게 데이트하는 거면 설렘이라도 있지요
이게 철석같이 입금하기로 한 돈 기다릴 때는요
그거 받자마자 나도 딴 데로 당장 부쳐야 하는데
아 얼마 되지도 않는 거
이 시간까지 안 보내고 뭘 하고 자빠진 건지
만만한 NH농협 인터넷뱅킹만요
들어가봤다 들어가봤다 또 들어가봤다
잔액은 달랑 그대로 변동 없구요
노트북 바짝 더 끌어당겨서
들어가봤다 들어가봤다 또 들어가봤다
채신머리없이 연방 연신 그래 봐도요
웬일인지 돈 아직 오지를 않네

이거 정말 내 속을 태우는구려
커피보다 열 배는 더 쓰게요
스무 배 서른 배는 더 쓰리게요
웬일인지 돈 아직 오지를 않네
이거 정말 내 속을 태우는구려

김수영과 류현진과 나

왜 나는 조그마한 일에만 분개하는가, 라고
어느 날 고궁을 나오면서
시인 김수영은 자탄했다나 본데
나는 오늘 집구석 소파에서 TV를 보면서
왜 류현진 방어율 치솟은 거에나 흥분하는가
그래서 사이영 상인지 사이언 상인지
타기는 이제 글른 거에 열을 내고 그러는가
연봉 2백억 받는 메이저리그 투수의 방어율이
내 2천만 원 캐피털사 대출금 14.75% 이자율보다도
더 쌍심지를 켜댈 일이나, 그게

뒷집 리트리버

볕 좋은 시간대면 뒤꼍에 나와
어정거리는 나를 매일같이 보는데도
한 번이고 담장 너머로 짖는 법이 없거든
그렇다고 꼬리를 흔드는 적도 없고
씨익 웃음을 띠는 적은 더 없고
표정이 딱히 경계하는 것도 반색하는 것도 아닌데

데크 바닥에 쭈욱 배를 깔고서
큰 귀는 축 늘어뜨려 세속의 소음을 차단하는 거겠지
허공 한 지점에 낮게 시선을 고정시킨 채
평정심을 유지하는 듯 보이고
사유 사색하는 듯도 보이고
사람 속까지 들여다보는 거 같단 말이지

큰일이다, 녀석이 아는가 보다
말이 번지르르해 프리랜서지
집 안에 들어박혀 늘컹늘컹 지내고 있다는 걸
내가 이 년 반째 실업자인 걸

여의도

십수 년을 돌아쳐도 낯선 땅 여의도에
63빌딩 쌍둥이빌딩 트럼프월드빌딩
대한민국 코리아의 월 스트리트라는
증권타운 빌딩들, 옆 바로 건너 휘둥그러니
서울국제금융센터 IFC 원·투·쓰리 빌딩들

슈퍼 특급 울트라 특급 화수분을 키우려
그들 모두가 쭉 쭉 쭉 밀어 올리는
여의도의 하늘은 그래서
지독히 높고
지독히 또 거만하고

한 층이라도 더 한 계단이라도 더
기를 쓰고 용을 쓰고 올라붙어야 하건만
이내 턱밑까지 차 오는 가쁜 숨이여
안 돼 안 돼 벌써 낙오되면 안 돼
팔 아무리 뻗어 본들 고지는 먼데
꼭대기 층 펜트하우스는 저 멀리도 먼데

군중

아뿔싸, 브레이크페달이 떼어진 채
무한궤도를 무한질주하는, 글로벌
무한 경쟁시대의 단말마적 아우성!

오싹한 그 격투장으로 불려 나와
숨 한번 크게 쉬지 못하고 별안간
밟혀 죽고 찔려 죽고 맞아 죽는

저 무수히 많은, 총알받이인
저 무수히 많은, 싸구려인
저 무수히 많은, 바로 나인

엘리베이터

굿모닝! 구령에 맞춰
무더기로 수감되는
자본의 왕국 마름들
우르르 옆에 곁마름들

구금 직후
버튼 하나로
신속하게 석방되는
초특급 사면, 그러나

홀로그램 광채의
수인 번호 선명한
종신수의 낙인
그 밀실의 음모

아인슈타인

죽음이란 당신에게 뭐냐고 아인슈타인한테 물었다지?
모차르트를 더 이상 못 듣는 거라고 답을 했대네.
나는? 나에게는 죽음이 뭐라고 할까?
모차르트가 아니라 슈베르트를 못 듣는 거라고 할까?
구체적으로 슈베르트 현악 4중주곡《죽음과 소녀》,
그거 2악장을 더 이상은 못 듣는 거라고.
한데 그랬다간 아인슈타인의 모방 카피란 소릴 듣겠지?
좋아, 여인의 미끈한 속살을 더 이상 못 만지는 거라 하
면 어때?
솔직이야 하겠지만 이크, 외설인가?
지글지글 고갈비에 소주, 더 이상 그거 못 먹는 거.
들깨수제비 팥칼국수, 그것도 더 이상 못 먹는 거.
먹을 거나 밝혀 쌓고 철학이 영 부재한 답이려나?
음, 시 못 쓰는 거.
영화 못 보는 거, 영화 못 찍는 거.
철학이 향상된 답인 건 맞는데 빤히 예상되는 답 아닐까?
있어 보이려 한다는 눈초리나 받을라.
그러니까 못 하는 거 말고 안 해도 되는 거
죽으면 더 이상 안 해도 되는 뭐 그런 걸 생각해 보자.
즉, 죽음이란 무얼 못 하게 되는 걸 아쉬워할 게 아니라

무엇을 다신 안 해도 되는 걸 다행스러워해야 하는 것 아니겠어?

그것이 죽음의 초월적 의미와 훨씬 더 부합하고 말이지.

따라서 나에게 새로 죽음이란 무엇인가 할 것 같으면,

태국산 로얄망고 2입/팩 1만1천8백 원짜리를

들었다 났다 집었다 났다 이마트에서 안 해도 되는 거.

모두투어 북규슈 온천여행 상품을 예약했다 취소했다 안 해도 되는 거.

탈모샴푸 롯데홈쇼핑 걸 살까 CJ오쇼핑 걸 살까 안 해도 되는 거.

근데 안경테 브랜드가 이백 개도 넘는다고?

참 또 있다, 비아그라 1+1 택배 온 거 정품 확인 안 해도 되는 거.

백만스물한 가지 자본주의 상품 앞의 그리하여 죽음이란,

소비자가 왕이라는 놀음 다시는 안 해도 되는 거.

그 배추 꼬다리 같은 권좌에서 영원히 내려오는 거.

비상구

훌쩍 반백을 훠얼씬 넘긴 나이에
작은 내 몸뚱이 은밀하게 대피시킬
비상구 하나 마련치 못하고
불안할수록 쫑긋 서는 귓바퀴엔
날카롭게 달겨붙는 사이렌 소리
그 위로 잇달아 포개지는, 타닥탁탁
옆에선 바삐들 계산기 두드리는 소리

귀 밝고 눈 밝고 속셈 밝은 사람들
금 멕기 씌운 비상구 열쇠 하나쯤
안주머니 깊숙이 만지작만지작거리며
오늘도 초록등 비상구 아랜
빨간 화살 상종을 꿈꾸며 만원, 언제고
뒷전에 서성대는 나는 열외다

신자유주의

가늘가늘 실바람에도 휘청거리는
직벽 아찔한 끄트머리로
탄피처럼 튕겨 나간
저 밑동 잘린 알몸들의
신음소리 곡소리 내리 뒤엉킨 난장판 소리
기어이 추락하여 천 길 만 길
악-- 소리조차 까마득히 멀어진

동상이몽

어절씨구나, 코로나가 엔데믹이라니
도심의 거리며 도로며 광장이며
와글바글 들어차기 시작하는
갖가지 풍경들, 사람들과 물상들
거대한 좌판처럼 시선을 잡아끄는데

얼씨구나, 어떤 이들 찰진 눈에는
이것도 몇억짜리 잘되면 몇십억짜리
저것도 또 몇억짜리 잘되면 몇십억짜리
돈 벌 사업상품 아이템으로만 보이고

절씨구나, 어떤 이들 퀭한 눈에는
이것도 수십 년째 달랑 몇만 원짜리
저것도 또 수십 년째 달랑 몇만 원짜리
시 쓸 소재라든가 제목으로만 보이고

인생 강독

한 번도 사랑의 열병에 앓아눕지 않은 사람과는
인생에 대해 논하지 마라
그리하여 실연 한 번 당해보지 않은 사람과는
인생에 대해 논하지 마라

입시든 취직이든 승진이든 하다못해
운전면허 시험에라도 낙방 한 번 안 해본 사람
그 사람과도 인생에 대해 논하지 마라

친구끼리 말다툼에 주먹다짐 한 번 안 해본 사람
술 취해 남의 집 담벽에 오바이트 한 번 안 해본 사람
돈내기 고스톱 치느라 눈자위 벌게지도록
꼴딱 밤 한 번을 새워보지 않은 사람
그런 사람과도 또 인생에 대해 논하지 마라.

그러나 누구보다 그 사람과는 그와는
인생에 대해서 논하질 마라
인생의 쓴맛을 알아? 잔뜩 으스대면서
전당포 드나든 적 한 번이 없는 사람과는

오늘의 금언

세상 갈수록 가벼워져 가는데
무거움이 가벼움보다 옳다 믿으며
달큼 달달한 입맛에 속지 마 쉬이
반질 반반한 때깔에도 홀리지를 마
미끼 덫이라니까, 가붓가붓 이 세상
앞통수 남보다 먼저 들이밀 궁리만 말고
제자리 차라리 입석立石이 되자, 예컨대

'설악산 울산바위가 함 되자!'

액자 속에 오늘의 금언으로 적어넣고서
오늘도 쳐다보고 내일에도 또 쳐다보고

오바이트

신이 만든 자연의 법칙은
절대 불변이라고
그렇기에 물은 어디서나 항상
높은 곳에서 낮은 데로 흐른다고
한데 왜 오바이트란 게 있잖나
밤새 마신 소주건 막걸리건 맥주건
더불어 시켜 먹은 낙지소면의 토막 난 국수 가닥과
반쯤 소화된 빨판 달린 낙지다리 쪼가리까지
필시 낮은 데서 높은 데로
왈칵 다 쏟아 내지 않던가
이렇듯 우웩, 웩, 오바이트는
만고의 법칙마저 일거에 뒤집어 버리는
육덕진 반항일지니
체제 전복일지니
그게 바로 시일지니
시는, 오바이트이어야 할지니

즉석복권

긁어라 긁어라
박박 긁어라
동전 날 곤추세워
박박 긁어라
솥단지에 눌어붙은
누룽지 긁던 솜씨다
날쌔고 재빠르게
박박 긁어라

바쁘고 복잡한 세상
기다릴 거 뭐 있나
머리 쓸 거 뭐 있어
시간이 길어지면
고통도 후회도 길어
인스턴트 즉석 시대에
첫째가는 미덕은
속전속결 스피드라

남들 눈치 보지 말고
남녀노소 가리지 말고

가던 길 오던 길에
잠깐만 멈춰 서서
원초적 욕망 티켓을
박박 바악박
긁어라 긁어

제2부

낙엽에게

담장 밖 찬 공기가 사각사각 갉아먹던
오늘 비로소 당신의 사체를 치웠답니다.
미안해요, 당신에게 수의를 입히지는 않았어요.
당신 몸이 온통 회색 버짐으로 덮여있었으니까요.
아마 당신은 생전에 썩 사교적이진 않았나봅니다.
당신의 영면을 기도해주러 아무도 오지 않았거든요.
문가 어디에도 부고장 하나 붙어있질 않았고요.
사실은 조문객이 무슨 큰 의미이긴 했겠나요.
방명록 위 이름 석 자만 적어놓고 돌아갈 뿐
밤을 새워 울어주는 이라곤 어차피 없었을 거잖아요.
하지만 죽기 전 당신은 분명 성자 같은 모습이었답니다.
하루하루 오그라드는 자신의 몸뚱이를 지켜보면서도
너그럽고 숫저운 얼굴빛을 끝내 놓지 않았으니까요.
을씨년스럽던 지지난밤 휘익 마침내 바람 한 점이
당신 목을 똑, 꺾어뜨려도 신음조차 내지 않고
너울너울 숨도 영혼도 거둬가게 했으니까요.

대설大雪

땅 위에 곤두선 모든 숨붙이들아

하늘의 명령이다

무장 해제하라!

화방사 꼬마

경상남도 남해군 망운산 화방사에는
일곱 살 난 꼬마둥이가 살았더랬지.
송씨 성 가진 사내애였어.
세 살 때 아빠가 데리고서 절에 며칠 묵었는데
읍내에 볼일 보고 온다며 가서는 돌아오질 않았대.
하는 수 없이 스님들이 맡아 키웠다는군.
종무소 보살 말씀이 그래.
그 아이 어린이집 수첩에도
부모란에 '스님'이라 적혀있었고.

저녁 공양 후, 사흘째 본 내 얼굴이 익었나
수수께끼인지 스무고갠지 옆에 착 붙어 종알대더니만
아저씨 등 가렵다고 등 긁어달라네?
녀석 반죽이 좋은 건가 사람 손길이 그리운 건가,
옷 속으로 손을 넣어 스슥슥 삭삭 긁어줬지 뭐.
아 시원해!, 하며 이번에는 글쎄 배도 쓸어달래요.
반질반질 아이 피부가 감촉이 썩 괜찮더라만
공연한 인연 만들어질까 슬쩍 염려가 되고.
그때 코앞으로 빨따닥 일어나 앉으면서
녀석이 헉, 내일도 또 쓸어달라는 거야.

음 으 그래… 아저씨 안 바쁘면… 끝을 흐리며
내일 아침 서울로 떠난다는 말 차마 하지 못했어.

엄마였구나

엄마가 하루는 손바닥 크기의 종이쪽지 한 장을 내보이시며, "너는 시인이라며 어째 엄마에 관해 쓴 시가 없는 거 같냐. 그래서 엄마가 직접 엄마 시를 하나 써 봤다" 그제 저물녘 마당에서 풀을 뽑다가 스며 나는 감상을 적어 놓으셨다는 시. 여기 엄마가 난생처음으로 지어 바깥세상에 보이신 시.

> 뻐꾹새 울어대는 산하山下에 우리 엄마가 있다.
> 주야장천 울어 대는 풀벌레 속에 우리 엄마가 있다.
> 가슴 서린 한을 뜨락에 내려놓고 우리 엄마가 있다.
> 증평읍 죽리竹里 마을 산자락에 우리 엄마가 있다.

와아, 표현과 단어의 선택에 예스러운 면이 있으나 시적 모티브와 형태가 훌륭하게 살아 있는 작품이라고 나는 즉석에서 평을 해 드렸고. "진짜?", "정말 처음 써 본 건데", 라며 엄마는 멋쩍어하면서도 무척이나 흐뭇해하셨고. 그랬구나! 시인입네 하는 내 알량하나마 소질과 재능이 어디에서 비롯됐는지 이제야 알겠구나. 엄마였구나. 바로 엄마였구나. 뻐꾹새 울고 풀벌레 우는 산 아래 시골집에만 엄마가 있었던 게 아니로구나. 내 시 속에도 엄마가 있었구나. 내 시 속에도 이어 내린 핏줄로 늘 엄마가, 나의 엄마가 있었구나.

엄마표 효도

"니가 엄마한테 한 제일 큰 효도가 뭐였는지 아니?"

"글쎄? 작년에 해외여행, 엄마 좋아하는 중국 1주일 같이 가 드린 거."

"아니야."

"음, 엄마 올 생일날 축하 용돈 봉투 드린 거."

"아니야."

"아하 참, 지지난달 티브이 큰 거랑 김치냉장고 새로 놔 드린 거?"

"아냐."

"아, 그럼 뭐지?"

"……"

"뭐였는데, 엄마?"

"너 담배 끊은 거."

불효통不孝痛

물컹,
목젖에 걸린
돌아가신
아버지 생각
엄마 생각

걸리어 한참을 얹혀 있다
식도를 타고 내려가
달구어진 뻘건 인두 끝처럼
지지직 지직
위장 벽을 지져 대는
사나흘을 지져 대는

제망모가祭亡母歌

꽃 좋아하셨던 우리 엄마
나 꽃송이만 봐도 울컥, 엄마 생각
새 좋아하셨던 우리 엄마
나 새소리만 들어도 울컥, 엄마 생각
산 좋아하고 절 좋아하셨던 우리 엄마 울 엄마
나 산사 입구에만 들어서도 울컥, 엄마 생각

푹석 내 뼈마디 무너뜨리며 떠나셨건만
엄마 영영 사라진 게 아니시구나
멀리멀리 아주 가 버린 것도 아니시구나
당신 아들이 보고 듣고 또 걸음하는
주위의 온갖 장소 만물 속에
콕, 하니 엄마가 박혀 있으시구나
우리 엄마 벌써 그렇게 아들 곁으로
윤회하신 거구나, 부활하신 거구나

워빠바*

사 년 만에 처음으로 전화를 걸었네
'워빠바'라 입력된 사람한테 걸었네
조마조마 어떻게 될까 하며 걸었네

음성 메시지가 곧바로 흘러나왔네

"지금 거신 전화는 없는 번호입니다.
다시 확인하고 걸어주십시오"

워빠바는 없는 번호네
걸어 봐야 이젠 없는 번호네
다시 확인한들 이제 없는 번호네

팔순의 병석 수화기 너머
마지막 남은 위신으로 세우셨던
어험, 어험, 당신의 군기침 소리가
내 목젖 위에 얹히어 울컥해지건만
환청으로라도 듣고 싶어 사무치건만

더 이상 다신 없는 번호네

사 년 전 세상 떠난 내 아버진 없는 번호네

* 워빠바我爸爸: 중국말로 내 아버지.

옥수동 비둘기

옥수동 병순이네 다가구주택 옥상 베란다는 동네 비둘기들의 휴게소가 되어 버렸다. 하루는 구구 구구구 비둘기 한 마리가 날아와서는 조쪽 갔다 요쪽 갔다 베란다 위에서 종종걸음을 쳐 대길래 어제 병순이가 먹고 남긴 포테토칩 부스러길 뿌려 줘 봤거든. 그랬더니 황사 먼지 소복이 쌓인 시멘트 바닥에 연방 부리를 콕콕거리며 포테토칩 알갱이만 솜씨 좋게 잘도 발라 먹더라구. 그렇게 하길 다음 날에도, 그 다음 날에도, 또 그다음 날에도⋯ 이제는 숫제 식구 몇까지 데리고서 한 대여섯 마리가 아침이면 쭈우욱 베란다로 모여드는 거야. 김광섭의 성북동 비둘기는 콩알 하나 찍어 먹지 못하고 채석장 포성에 피난하듯 쫓겨 다녔다는데 병순이네 옥수동 비둘기는 그나마 다행일까. 달큰한 스낵 부스러기로 허기진 배를 채우고 푸드덕 지붕마루에 올라앉아 희뿌연 공기에 근시로 변해 버린 쌀톨 같은 눈알을 껌벅껌벅하며 떠나온 성북동 파란 하늘을 그리워한다.

방생

　세수하러 아침에 화장실엘 들어갔는데 뚜루뚜루 뚜루루 벌레 우는 소리가 나는 거야. 허리를 숙여 타일 바닥을 찬찬히 훑어봤지. 아니나 다를까 세면대 쇠파이프 밑동에 귀뚜라미 한 마리가 있는 거야. 양쪽 긴 더듬이를 열두 발 상모 돌리듯 끄닥끄닥하면서 말이지. 녀석이 흙도 없고 풀도 없는 곳으로 어떻게 흘러 들어왔는지 잠입 경로가 궁금하더라고. 문제는 녀석이 계속해서 거기 어정대다가 누군가의 슬리퍼에라도 밟히는 날이면 대번에 그 자리서 쫙 하니 압사해 버릴 거 아니겠어. 내 얼른 화장지 한 토막을 뜯어서 조심조심 녀석의 몸통을 집어 올렸지. 손가락 끄트머리에 잘못 힘이 들어갔다간 더듬이 한쪽이 똑 분질러지든가, 뒷다리 한짝이 뚝 떨어져 나가든가 사달이 나지 않겠냐고. 그러다보니 난 손목이고 팔뚝이고 꼭 기브스 한 거마냥 부동자세로 빳빳이 추켜올린 상태가 되고. 또 그런 이상스러운 내 모습을 저쪽 편 주방에서 건너다보던 와이프는 도리어 나한테 무슨 사달이 난 줄 알고 휘둥그레지고. 속옷 바람에 경중경중 마당 밖으로 나갔지. 개중 제일 부들부들해 보이는 흙더미 위에 녀석을 내려놨어. 손짓으로 훠이 훠이 쫓아 버리는 시늉도 했지. 그러곤 속으로 사람한테 축원하듯 녀석에게 빌어 줬다는 거 아냐. 어서 빨리 집 찾아 가거레이. 가서

식구들이랑 꽉 붙어 살거레이. 혹시나 돌아올 생각 말고.
내 왜 제비 박씨 같은 거는 절대 안 바란데이, 안 바라……

학구

학구라 불렸지. 학교에서 사는 개라고 '배울 학學' 자, '개 구狗' 자, 학구라 불렸지. 수위 아저씨가 정문 수위실 옆 플라타너스 밑동에다 묶어 길렀는데, 사람만 보면 꼬랑지고 몸통이고 살살살 흔들어 대는 모양새가 무척이나 곰살맞고 순진해 보였지. 지나가는 아이마다 학구야, 학구야, 불러 가며 한 번씩은 꼭 쓰다듬고 만지고 그랬지. 숫제 끌어안고 얼굴을 비비며 입까지 맞추는 녀석도 있었지. 그러던 어느 날 학구한테 생각지도 못한 사고가 하나 터졌지. 학교 안으로 어떻게 들어왔나 처음 보는 큰 흰둥개가 학구를 덮쳤지. 앞에서 으르렁대며 덮친 게 아니라 뒤로 헉헉대며 덮쳤지. 네발짐승 길짐승인 개가 뒷다리 둘을 직립보행의 곧추세운 자세로 학구 후미에 딱 붙어서는 아랫도리를 덜덜덜 떨듯이 움직거렸지. 그때가 마침 쉬는 시간이라 남자아이고 여자아이고 꽤 많이들 운동장에 나와 놀고 있었지. 제일 먼저 그 광경을 목격한 대여섯 명 아이들이 괴상스럽고도 신기한 구경거리 만난 양 그리로 쪼르르 몰려갔지. 불과 일이 분 잠깐 사이 일 학년에서 육 학년까지 족히 사오십 명 아이들이 학구 주위를 뺑 돌아 모였지. 몇몇은 이게 대체 무슨 일이 벌어지는 건가 휘둥그레했고, 또 몇몇은 뭔지 다 안다는 표정으로 여유까지 잡아 가며 킥킥거렸지. 다른 또 몇몇은 처음에는 손으로 눈을 가렸다가 슬그머니 손가락 틈으로 훔쳐보는 것 같았지. 운동장 끝 저만치서 뒤늦게 사태를 알아챈 수위 아저씨는 아주 그냥 씨근벌떡 달려오다시피 했지. 곧바로 수위실에 있는 빗자루 몽둥이를 들고나와선 땅바닥을 탁탁탁 내리치며 흰둥개를 몰아쳤지. 흰둥개는 여전히 학구 위에 올라탄 채로 얼마간을 더 버텼지. 하지만 반복되는 엄포에 끝내 눌린 흰둥개는 스르르 학구에게서 내려오고 말았지. 그러고는 학구 쪽을 힐끔힐끔 쳐다보며 교문을 빠져나갔지. 그날 그 야릇한 일이 있고 난 후 사내아이들은 아무렇지도 않게 운동장에서 다시 다방구에 말타기에 찜뽕에 매일같이 신나게 뛰어놀았지. 그렇게 몇 주가 지났을까, 학구의 배는 하루가 다르게 부풀어 올랐고 계집아이들 손톱 끝 봉숭아는 점점 더 발갛게 물들어 갔지.

밥내

'눈물 젖은 밥' 냄새는

쿵쿵,
코로 맡는 것이 아니다.

끙끙,
저기 저 아랫배
창자로 맡는 것이다.

겨울밤

담장 위로 배를 밀며
기어드는 살바람 소리.
창문 덜거덩거리는 소리.
개 따라 짖는 소리.

"찹싸~~ㄹ 떠~ㄱ"
"메미~~ㄹ 무~ㄱ"
"찹싸~~~ㄹ 떠~ㄱ"
"메미~~~ㄹ 무~ㄱ"

써늘한 골목길 쫓겨 다니는
야참 장수 입김 떨리는 소리.
배 꺼져 멀뚱대던 아이들
사르륵 침 고이는 소리.

"찹싸~~ㄹ 떠~ㄱ"
"메미~~ㄹ 무~ㄱ"
"찹싸~~~~ㄹ 떠~ㄱ"
"메미~~~~ㄹ 무~ㄱ"

안부

문득 전화로든 만나서든 누군가 그대에게
어떻게 요즘 지내는지 안부를 물어올 때
하루하루 강제로야 죽지 못해 산다고
그러니 살아도 사는 게 아니라고 말을 한다면
그거 너무나 염세적이지 않은가?
사실 그러한 의미에서 삶과 죽음이란 결국
동일선상 아니겠냐고 말을 한다면
이번엔 또 너무 초월적이지 않은가?

그러나 굳이 염세적이고 초월적이지 않더라도
그리고 그대가 딱히 그런 처지는 아니라 하더라도
정말로 죽지 못해 살고 살아도 사는 게 아닌 이들이
세상천지 이웃 주변에 얼마나 많고도 많은가가
그대 시야에 와이드 앵글로 확 밀고 들어온다면
숱한 그 광경들이 꺼끌꺼끌한 가시돋기가 되어
가슴속을 뜨끔뜨끔 찔러 대기까지 한다면
그댄 차라리 사회혁명적이 된 거라오

그리하여 불끈거리거나 혹은 울컥거리거나
이젠 그대 자신의 일처럼 매일같이

그 사람들 안부가 걱정되는 거라오
밥때는 거르지 않았는지 돈벌이는 좀 됐는지
고개고 어깨가 축 처져서 다녔던 건 아닌지
어두컴컴 거리에 밤이 내리면
행인들 취객들 투둑둑 발소리에 묻어왔을
그네들 긴 하루의 안부가 궁금해
스륵 창문을 열어 보게 되는 거라오

제3부

낭만에 대하여

빈티지한 목조바닥이군요

삐걱거리는 소리가 오히려 편안한 느낌이에요

이층이라 밤 풍경도 내려다보이고 좋습니다

엘피바 왔으니 와인이나 위스키 한잔해야죠

힙하다는 얼그레이 하이볼 어떠시겠어요

신청곡도 하나 적어서 내보세요

세이브드 바이 더 벨 강추입니다

비지스 멤버 중에 왜 로빈 깁이라고 있었잖아요

초창기에 그룹을 잠시 탈퇴한 적이 있는데

그때 솔로로 활동하며 크게 히트시킨 노래예요

발라드풍의 슬픔 짙은 멜로디가 매력 자쳅니다

밖에 근데 금방 비 쏟아질 거 같지 않나요

비 감성 돋는 시 한 대목 읊어드릴까요

마음속에 신병처럼 박혀있는

이 외로움 고독함 빗물에 다 씻겨가게

장대비야 좌악 쫙 퍼부어다오 좌아악

어떻게 비의 정취가 함빡 느껴지십니까

실은 빗줄기에 확 떠내려가고 싶어요

혼자 말고 둘이서 같이요 하하

참 비 내리는 날 딱인 포크송 하나가 있거든요

이 곡도 여기 판 있나 신청해 볼까요

제목이 창밖에는 비 오고요인데요

기타의 반주 간주가 가슴을 뜯는 게 일품입니다

송창식 자작곡으로 작사를 이장희가 했죠 아마

음악이 순 올드 취향이라고 흉보실라

대화의 주제를 그럼 좀 바꿔서

프랑스 누벨바그 영화에 대해 얘길 나눠 볼까요

19세기 영미시에 대해서도요

이크 너무 고상한 척하는 거려나

왕재수 소리 듣겠다 그죠

어느새 둘 다 하이볼을 세 잔씩이나 마셨네요

이제 일어설 시간 됐지요

뭐 비틀거릴 정도까지 취한 건 아나

내려갈 때 계단 주의하시고요

층계 벽 아슴아슴한 조명빛 아래서

와락 키스할 거니까요

노벨상

지글지글 하루 종일 속을 끓였다.
아무래도 어제 크게 잘못한 거 같다.
그렇게 말고 이렇게 얘기했어야지.
차라리 그 소리는 하질 말걸.
막상 중요한 대목은 또 왜 빼먹고.
머릿속이고 다닥다닥 가슴속이고
괴로운 생각이 따개비마냥 붙어 있다.

아 이런 때 먼지떨이 총채처럼 탁탁탁
마음 털어 주는 기구 없나?
녹슨 쇠기둥을 쾅, 쾅, 때리면
왕비듬 같은 철부스러기 후두두 떨어지듯
속안 근심걱정 시원하게 털어 주는 거 뭐 없나?

누가 그런 거 좀 발명만 했다 하면
완전 그냥 대박이 날 터인데.
그게 진짜 노벨상, 노벨 평화상감인데.

미스트

미스트가 영어로 안개 뭐 그런 말이잖아
그런데 얼굴 건조해졌을 때 뿌려 주는
피부 보습제 화장수를 또 미스트라 그러대
혹 푸석푸석한 시심詩心 촉촉하게 해 주는
히야아 그런 미스트 제품은 없으까
일당 아니라 한 달 월급 주고라도 산다 내

생활의 발견

나는 왜 언제나 사나이다워야 하는가
어째서 꼭 배짱 두둑해야 하고
맨 앞에 나서 용감하게만 굴어야 하나
뒤통수 긁적대고 눈도 좀 순하게 뜨고
때론 소심하니 조촘조촘하면 안 되나

슬픈 영화든 주말연속극 보다가
슬며시 눈물 훔치면 큰일나나
집에서 반려견하고 놀아 준다고
꼬마 다육이 화초 키운다고
불알이 툭, 하고 떨어지나

화장실에서

반질반질 뽀–얀 광택이 도는
수세식 양변기에 걸터앉아
어제의 묵은 찌꺼기를 밀어낸다

모서리에 덜렁 걸린
나프탈렌 좀약 냄새
구린내와 범벅이 된
재래식 변소에 쪼그려 앉아
외설스러운 낙서 꼼꼼하게 뜯어보던
수줍고 가난한 기억들을 떠올리며

반질반질 뽀–얀 광택이 도는
수세식 양변기에 걸터앉아
어제의 묵은 찌꺼기를 밀어낸다

푸르누런 똥파리 서넛 윙윙대는 소리
분뇨통에 툭, 하고 똥덩이 떨어지는 소리
거기 나무발판 위 구더기들처럼
귓바퀴에 아직 스멀스멀 기어다니고

치약을 짜며

오늘 아침 치약을 짜며
몰랑몰랑한 신소재 용기의
안티 프라그 치약을 짜며
까마득히 멀어진 어린 날의
가난한 한 토막을 짜며

냉숫물 바른 맨손가락으로
굵은소금 쿡 찍어 올려
윗니 아랫니 북북 북북 문질러 대다
찝찔한 소금물 목젖에 닿아
기겁을 하듯 왝왝거리던

수챗구멍에 쪼그려 앉아
엄마가 그만하라 할 때까지
하나 둘 셋, 소리 내어 헤아리던
유난히 참 길게도 느껴지던
열 스물 서른, 소리 내어 헤아리던

오늘 아침 치약을 짜며
몰랑몰랑한 신소재 용기의

안티 프라그 치약을 짜며
튜브 속에 봉합된 내 유년의
가슴 아린 한 가닥을 짜며

헌책방

헌책방에 들어서면 우선 구수하니 종이 전 냄새가 좋을 것이다. 정가의 절반 값, 때론 반의반 값으로도 원하는 책들을 맘 놓고 골라잡을 수 있어 좋을 것이고, 인심 후한 주인 같으면 거기에다 몇백 원 더 에누리까지 해 주니 그 또한 잔재미가 있어 좋을 것이다. 빽빽이 찬 진열칸을 휘-휘- 둘러보다가 이거다 싶어 한 권 쑥 뽑아 들면, 손에 척 하고 붙는 것이 벌써 두세 번은 읽어 본 듯 익숙한 느낌일 것이다. 뒤적뒤적 책장을 들추다 보면 군데군데 밑줄이 그어져 있거나 촘촘한 글씨 혹은 부호 같은 것이 적혀 있기도 한데, 생면부지 전 주인 행적을 몰래 훔쳐보는 것 같아 호기심도 제법 동할 것이다. 어쩌다가 책갈피에 끼워 둔 나무 잎사귀든지 재수 좋게 우표나 지폐 따위라도 발견하는 날이면, 이건 무슨 금덩이 주운 거마냥 그 기쁨 또한 보통을 넘을 것이다. 그런데 누구는 사실 돈 그깟 몇 푼이 다급해서 후닥닥 갖다 팔곤 글쎄 몇 날 며칠을 피 뽑아 판 듯 아까워했을 것이요, 누구는 또 몇 쪽 겨우 읽는 둥 마는 둥 던져 놨다가 순전 폐짓값으로나 팔아먹고선 뭐가 좋다고 속도 없이 히죽히죽 거렸을 것이다. 책마다 책장마다 각양각색 사연과 흔적들이 판박이처럼 눌려 있는, 이렇듯 헌책방은 인생 촌극 대본거래소일 것이다.

청국장 최 씨

　최 씨 부부는 고향이 충청도인데 삼십 대 때 서울로 올라와 은평구 불광동에서 반찬 가게 한 지가 삼십 몇 년째다. 최 씨네 가게 대표 반찬인 청국장은 볏짚을 깔아 띄울 때 최 씨네만의 발효 비법이 쓰이는데, 인근 동네에서는 꽤나 별미로 통한다. 한 번이고 입에 대 본 사람은 자동으로 진성 단골이 될 판이다. 지지난해 평택으로 이사 간 한 할머니는 팔순 영감이 입에 통 받는 음식이 없어 식사 때마다 최 씨네 청국장을 찾는단다. 하여 1호선 평택역에서 3호선 불광역까지 전철역 마흔 개가 넘는 최 씨네를 보름에 한 번꼴은 꼭 다녀가신다. 허름하고 자그만 가게일망정 건강한 맛 내기에 어미 닭 달걀 품듯 정성을 다한다는 최 씨. '청국장은 말유, 우리 최 씨네가 대한민국 최고유', 라며 주름살 그득하게 웃어 보이는 최 씨. 그런 그의 말투와 얼굴도 청국장만큼이나 구수하니 이 또한 대한민국 최고. 안 그래유?

다들 이렇쥬?

냉면집으로 들어가기 전부터
자리에 앉고도 부지런히 갈등이다

어느 걸 시키나 비냉 아니 물냉 아니
비냉 아니 물냉 아니 비냉 아니

뭐 드시겠습니까 얼떨결에 물냉이요
아니 비냉요 아아 아뇨 물냉요

후룩후룩 젓가락질이 바쁘면서도
머릿속은 계속해서 티격태격이다

에이 비냉이 나을 뻔했어 비냉이
그래도 아냐 물냉이지 물냉 그 순간

왈칵 부끄럼이 쏟아진다 못난 놈
천하를 논하기는 고사하고

나구려 쌀림

아들애가 어느 유명 가수 추모공연에서
가외로 파는 기념품을 하나 사 갖고 왔어요.
플라스틱 소형 머그잔인데 오천 원을 줬대요.
재질도 후지고 디자인도 조악했어요.
무슨 이런 나구려 쌀림을 파냐 팔길?
라며 저는 끌끌끌거렸죠.
그런데 가만있자, 뭐?
나구려 쌀림? 나구려 쌀림?
제가 하고도 참 이상스러운 말인 거예요.
한참을 갸우뚱갸우뚱했죠, 어쿠야!
싸구려 날림을 나구려 쌀림이라고
저도 모르게 뒤범벅된 발음이 튀어나온 거였네요.
이거야말로 끌끌거릴 일이었네요.
어떻게 단어 감식능력 저하가 좀 온 건가 본데
저도 그런 나이가 돼 버린 걸까요?
벌써부터 나구려 쌀림 된 건 아니겠지요?
앗, 아니지, 싸구려 날림이지.
아냐, 나구려 쌀림이 맞나?

파키라 화분

아빠는 골치를 많이 썩이는 사람이니까
뇌에다 산소를 팍팍 뿜어 줘야 해, 라며
딸내미가 책상 *끄트머리*에 올려다 놓은
파키라 화분 하나, 생김새가 팔손이 닮은

원산지가 멕시코 및 남아메리카라서
이국적 정취가 물씬 풍기는 데다
이산화탄소와 냄새 제거 능력이 뛰어나
공기정화에 매우 좋다나, 전자파도 흡수하고

책상머리에 붙어서 키보드 종일 타닥거리다
이따금 고개 돌려 녀석을 쳐다볼 때면
파릇한 잎새들 자기네끼리 속닥이는 거 같고
세상에나, 내 뇌를 지켜 준다니 고거참 용할세

시내 볼일이 생겨 외출하고 돌아오면
방문을 열자마자 기숙사 룸메이트 재회하듯
새실새실 눈길이 자동스레 내려앉고
화분이랑 우정을 나누다니 이런 신기할 일이

혈중생형극

일일부독서一日不讀書면
구중생형극口中生荊棘이라
하루라도 책을 읽지 않으면
입안에 가시가 돋친다, 이거늘
안중근 의사 옥중 글씨이거늘

그 가락을 빌려 실토하건대
탐욕에 가까웠던 내 식성인즉
하루라도 면을 먹지 않으면
입안에 가시가 돋친다, 였거늘

라면, 국수, 짜장면, 짬뽕면
칼국수, 수제비, 칼제비, 생우동
하다못해 야들보들 떡볶이라도
하루 세 끼 중 한 끼는 기어코
밀가루 면 종류로 먹어 왔거늘

수십 년을 수칙처럼 그래 왔거늘
팔락팔락 날아온 마침내 통지서가
혈액에 기름이 둥둥 떠다닌다는

침묵의 살인자 고지혈증이거늘

하루라도 책 안 읽고 면 안 먹어
입안 가시 돋는 건 이제 둘째 문제고
아침마다 정제약 세 알씩 복용 안 하면
혈관 속에 가시가 돋친다, 가 됐거늘
혈중생형극血中生荊棘이 됐거늘

미각의 욕구만을 탐하고 지내 온
벌과금 장기체납 최고장이거늘
몸뚱이 통째로 압류되기 전에
그 욕구 모질게 다스려야 하거늘

전성기

한평생 사람이 사노라면
누구나 한 번쯤 전성기라는 게 있다지
벌이는 일마다 술술 시원하게 풀려 나가니
얼굴이고 앞길이고 훤히 광이 나는 시절이 있다지
요는 블링블링한 그 전성기란 것이
휘리릭 바람에 실려 두둥둥 구름에 실려
부지불식간에 오셨다가 가 버린 건지
동구 밖 저 팽나무 가지 흔들어 대며
아직 콧잔등 바로 앞까진 안 오신 건지
도대체가 그걸 확실히 모르겠단 말이지
이미 지나가 버린 거라면
라떼는 타령에 맞춰 무용담 썰로나 풀고
남은 생 맘 비우고 조신하게 살지어다, 할 것이며
불행인지 다행인지 아직 안 온 거라면
(속으로는 그렇길 더 바라거니와)
지금의 이 궁박함에 겨들어 가지도 나자빠지지도 말고
존버정신 있잖나 버티고 버티고 기다릴 것인즉
전성기란 게 진짜 따로 있는 게 맞기는 맞는 건지
언젠가 틀림없이 오시는 게 맞기는 맞는 건지
무슨 재림예수 메시아도 아닌 것이

도솔천 미래불 미륵부처도 아닌 것이
어째 이거 속고 사는 거 같기도 하고

자화상

속으로 속으로 고함치고 울먹이며 넘어온
지독히도 가팔랐던 내 인생의 고개턱들은
화려한 섬광 한 조각 뱉어 주질 않고
어둠 속 숙련된 포복만 가르쳤을 뿐

출구 없는 막장에 갇혀 버린 듯
뚫어져 뚫어져라 맨손으로 후벼 파낸들
새파란 하늘은 끝내 터지지 않고
당장에라도 푹석 무너져내릴 것 같은
차갑고 녹내 나는 유폐 공간이여

넘어야 할 고개턱이 아직도
두셋은 더 있으련마는
비탈진 등성이 고갯마루에
저녁 해는 더 빨리 저물련마는

제4부

위인 동상 3등
—전태일

　월매 딸 성춘향의 고향인 남원의 송동면에 지리산초록배움터라고 생태환경학교가 하나 있었어요. 민노당 중앙연수원이기도 했던 곳인데 동네 인구 감소로 폐교가 된, 원래는 두동초등학교 자리였어요. 그곳 교문을 통과해 걸어 들어가면서 꽤 떨어진 거리지만 자그만 크기의 동상이 눈에 띄었을 때 이승복인 줄 대번에 알았어요. 연도가 오래 묵은 학교들이 교사동 정면 쪽에 세우던 위인 동상 중 가장 많았던 게 이순신 장군 첫째, 세종대왕이 둘째, 그다음 셋째 이승복, 뭐 대체로 그랬었어요. "나는 공산당이 싫어요!"라고 외치다가 입이 찢겨서 죽었다나 그런 건 아니었다나 하는 이승복이 그 당시는 그러니까 위인 동상 서열 무려 3등인 거였어요. 그런데 걸어 걸어 동상 근처에 다다르자 깜짝 놀라면서도 웃음이 터질 거 같은 기상천외한 광경이 놓여 있었어요. 전신에 녹청이 한가득 끼었으나 동상의 주인공은 어릴 적 눈에 익은 그 이승복이 분명했어요. 하지만 동상 아래 시멘트 기단에 새겨진 이름자가 어떻게 된 영문인지 '이승복'이 아니었어요. 기단의 앞판 상반부에 있던 글자는 다 파내 없어졌고 하반부에 글쎄 완전 다른 이름이 부조로 새겨 있는 거였어요. 그게 약간 삐뚜름은 했지만 아주 큼지막이 '전태일'이었어요. "근로기준법을 준수하라!", "우리는 기계가 아니다!", 외치며 또 외치며 제 몸에 불을 살라 죽어 간 바로 전태일이었어요. 오호, 정말이지 이건 통쾌하고 유쾌한 일이었어요. 아름다운 청년 전태일이 정식 학교라는 공간에 위인 동상으로 세워진 아마 사상 최초의 사건이었어요. 그것도 반공소년인지 멸공소년인지 이승복을 밀어내고 서열 3등 자리를 당당하게 차지하는 장면이었어요. 왜요, 근데 뭐 잘못됐어요? 이게 그러면 안 되는 일이었어요? 이승복 대신에 전태일이 우리나라 위인 동상 3등 되면 큰일이 나는 거였어요?

무등을 거쳐

　몸속 이곳저곳 암덩이를 서너 종류나 달고 계셨는데도 그 정도인 줄 선생님 자신도 전혀 아시지 못했던, 지난해 5월이었지. 서울 충무로 대한극장에서 5·18 특별행사가 열리게됐지. '독립영화, 시(詩)봤다!'라는 행사명의 1, 2부 프로그램이었지. 1부는 광주의 '1호 광수'를 다룬 다큐멘터리영화 《김군》 상영회였고, 2부는 「아아, 광주여 우리나라의 십자가여!」의 김준태 시인을 모시고 감독 관객 대담회였지. 그 행사에 꼭 오셔야 한다고 열흘도 더 전부터 선생님한테 열심히 설레발을 쳤지. 선생님이 양딸 양아들 삼으신 두 소설 쓰는 샘에게도 선생님 양옆에서 부축하고 와 주시라 별도의부탁까지 해 놨었고. 그렇게 세 분은 지정석으로 마련해드린 자리에서 정겹고도 진지하게 3시간짜리 행사를 끝까지 다 지켜보셨지. 다음 날, 뜻깊은 행사에 등 떠밀어 줘서 고마웠다고 선생님이 손수 전화를 주셨지. 광주는, 5·18은, 여전히 진행 중이라고 수화기 너머 분노를 토하셨지. 그리고 그날 행사가 선생님에겐 살아생전 마지막 바깥나들이가되셨지. 석 달 후 8월 어느 날, 결국 선생님은 눈을 감으셨지. 백두에 머리를 두고* 무등을 거쳐 한라에 다리를 뻗고**눈을 감으셨지. 아버지라 아들이라 서로 부르며 그날 꼬옥 안아 드렸던 선생님은, 아, 강민 선생님은.

79

*, ** 강민 시인(1933~2019)의 시선집 『백두에 머리를 두고』(2019)에 수록된 시 「꿈앓이」(2012)의 첫째 행과 둘째 행인 '백두에 머리를 두고/ 한라에 다리를 뻗고 눕는다'에서 가져옴.

부활

죽은 자는 말이 없다고
그날 그 오월의 산하에
한 줌 재로 허허로이 뿌려져
이제는 얼굴조차 아득한
형제들, 친구들, 동지들아
죽어 영영 말이 없다고

하지만 높바람처럼 불끈 일어
누운 가슴 사납게 흔들어 깨우는 것이
뼛속을 저리고 시리게 파고드는 것이
누구냐, 누구냐
대체 누구냐, 누구의 말이더냐
그들이 과연 죽은 것이더냐

여기 산 자의 가슴속, 뼛속
가장 깊숙한 곳에 박히어
욱신대던 그들의 육성이
온몸 금이 가도록 울리는구나
사십 년을, 그대들 다시 또 오월이면
천둥 치듯 부활하는구나, 부활

임진강

귀먹은 세월에 무지러져
창백한 수액으로 흐르는
쉼조차 고단한 강줄기여

아아, 돌아눕는 산하여!

신新 우리의 소원

쩍, 하고 가슴뼈를 열어젖혀
속에 부디 분노를 꺼내 보여 주오.
백만 촛불의 화기가 쟁여진
거북선 총통 같은 불기둥을 보여 주오.

너도 나도, 너와 나 벗들과 이웃들도
모두 각자 백만 촛불이 되어
그렇게 백만의 백만 촛불이 되어
날 저문 광장을 대명천지로 밝혀 주오.

살찐 뱀 비늘처럼 뻔질뻔질거리는
더러운 얼굴들, 그 더러운 이름들을
파도치는 촛불로 싹 다 쓸어버려 주오.
비꾸러진 세상 대차게 한번 바꿔 주오.

서울의 양심[*]
—고故 정희수 시인에게

술 생각 바둑 생각에
하루가 멀다고 찾아오시더니만
정작 죽을 때는
나 죽는다고 나 죽어 간다고
한 마디 전화라도 못 하시었소
절름거리는 다리로도
죽으러 가는 길은
그토록 바삐 걸어야 했소
췌장이 곪고 썩어 쥐어뜯는 아픔에
때굴때굴 방바닥을 구르면서도
간덩이가 시커먼 돌덩이가 돼 가는데도
소주잔을 거푸거푸 털어 넣어야 했소

하지만 형 속을 망가뜨린 것이
몹쓸 술만이 아니었던 것을
힘에 겹고 외로웠던 사십 해 내내
카랑카랑한 눈초리로 지켜봤건만
끝끝내 동댕이쳐진 서울의 양심이
형의 췌장이건 또 간장이건
흐무러져 녹아내리게 했던 것을

\>

이제 형 떠난 지 삼십 년
이 땅엔 다시 퍽퍽한 모래바람이 일고
비릿한 칼날들 곳곳마다 번득거리고
부디 기도해 줘요 형
각혈하듯 쏟아 냈던 서울의 양심이
사람들 휘휘한 가슴속에
활짝 희망불로 피어나라고
그곳 하늘 위 평화의 나라에서
기도해 줘요 기도해 줘요 형
서울의 양심이 다시 꼭 메아리치게 해줘요

* 『서울의 양심』은 정희수 시인(1954~1993)이 세상에 남기고 간 유일한
  시집의 이름이다.

이상재

만장의 행렬이 월남 선생 가시던 날
선생이 나서 자란 서천군 한산면 앞 금강의 물너울처럼
종로에서 서울역까지 끝도 없이 굽이쳤다지
서울시민 30만 중 10만 명이 모였다지
이 나라 이 백성 최초의 사회장이 치러졌다지

의롭고 강직한 겨레의 큰 어른 큰 스승으로
빼앗긴 나라의 구국과 독립을 위해서라면
선생이 한평생 몸 부리지 않은 일 대체 무엇이었고
짓눌린 백성의 개화와 계몽을 위해서라면
선생이 한평생 또 마음 세우지 않은 곳 대체 어디였는가
말년엔 흰 머리와 흰 수염 성성한 불로의 청년으로
사자후 같은 '조선 청년에게'를 피 토해 설하였으니
조선 청년이 세상의 보배임을 일깨우고 또 일깨웠으니

쩌렁한 그 육성이 월남 선생 가시던 날
선생이 나서 자란 서천군 한산면 앞 금강의 물너울처럼
서해로 흘러들어 북으로 남으로, 다시 동으로
울먹이는 반도를 휘감아 돌았다지
이 땅 온 강과 산과 들판에 웅웅 메아리쳤다지

내가 죽는다니요
―10·29 망자의 유언을 적다

내가 죽는다니요 내가 죽는다니요
이태원 이곳 뒷거리 길바닥에서
꼼짝없이 내가 죽는다니요
밀려서 죽고 넘어져서 죽고
깔리고 밟히고 눌려서 죽는
참혹한 떼죽음에 이름마저 파묻힌 채
젊고 어린 내가 내가 오늘 밤 죽는다니요

이 비극과 비운을 알아챈 순간
천 구멍 만 구멍으로 숨이 막혀 오는 순간
다신 못 볼 나의 가족 한 명 한 명 얼굴이
번개 치듯 눈앞을 훑고 지나가네요
점점 가물가물해지는 머릿속을
이생에서의 마지막 말들이 막 떠도네요

아아 아 이 일을 어떡해요
내가 죽으면 내가 영영 죽으면
우리 엄마 우리 아버진 어떡해요
생때같고 철통같은 자식
분명 살릴 수가 있었는데 있는데

불쌍하고 억울해서 어떡해요
이 한 한을 평생 원통해 어떡해요

어딘가에 곧 내 영정이 놓이겠지요
가족들 그 앞에서 꺼억꺽 울고만 있겠지요
다가가 그들 모두 손잡아 주실 거죠
아버지와 엄만 더 꼬옥 안아 주셔야 해요
두 분은 계속해 세상 살아가야 하잖아요
가슴이 너무 아파 죽고 싶어도 살아야 하잖아요

수난과 고통은 그분들의 숙명이 될 거예요
같이 슬퍼해 주세요
같이 분노도 해 주세요
그것이 최고의 위로일 테니까요
세월은 바랠지라도 옆에서 꼭 그래 주세요

이제 나 숨이 멎어 와요
세상 사람들과 영이별해야 하는 순간이네요
스무여 해 나를 키워 주신 모든 이들이여
짧으나 내 삶의 기쁨과 의미를 주었던 모든 이들이여

그리고 이 가여운 것 이 못난 것아
눈 뜨고 죽는 나의 시신이여
안 녕

그리하여 대한민국 국가는 들으라!
―여순사건 특별법 제정에 부쳐

비릿비릿한 전두환 신군부의 총검에
피의 기억이 아직도 훈장처럼 번득이던
강토와 산하가 온통 군홧발 아래였던
1981년, 8월 16일 일요일 새벽 01시 30분
경기도 시흥군 군자면 월곶3리
육군 제99여단 168연대 2대대 7중대
일명 달월부대 1소대 해안초소 경계근무 중
명치끝 상방 1cm 좌방 3cm 지점에
60도 아래로 꺾여 지나간 관통총상을 입고 숨진
그러나 청천벽력 자살로 망연자실 자살로
군 조작사 군 조작사 군 조작사 당한
군번 81-02769 22세 고 윤병선 소위

그리하여 대한민국 국가는 들으라!

수십 년 목구멍에 얹혀 있던 한을
끝내 삭히지도 삼키지도 못한 채
부모님은 가루가 되어 땅속에 묻히셨고
남겨진 유일 유족 친동생 윤 씨는
40년째 해원의 날만을 염원하고 또 염원하며

40년째 진실규명 투쟁에 앙가슴을 졸이는 윤 씨는
그도 어느덧 60살이 된 나 윤중목 씨는
두 눈 부릅떠 뇌성처럼 꾸짖어 명하노니
꾸짖고 꾸짖고 꾸짖어
명하고 명하고 명하노니

그리하여 대한민국 국가는 들으라!

대한민국의 경찰은 들으라!
대한민국의 군대는 들으라!
미합중국의 주둔군 또한 들으라!
그리하여 대한민국 국가는 들으라!

오름 오름 제주의 한라산에서
이어 이곳 여순에서 여수와 순천에서
잇닿은 보성 고흥에서
백운산 지리산 큰 산 아래 또
광양과 구례에서
그뿐이던가
대전 골령골에서 청주 분터골 도장골에서

충북 영동 노근리에서
산청 함양에서 곧바로 넘어 거창에서
6·25 전쟁 전후 이 형극의 땅 반도의 수수 많은 곳에서
그리고 80년 마침내 광주에서

그리하여 대한민국 국가는 들으라!

당신들 못되고 못난 손으로 모의했던 학살
당신들 못되고 못난 손으로 수행했던 학살
당신들 못되고 못난 손으로 자행했던 학살
당신들 못되고 못난 손으로 조작했던 학살
당신들 못되고 못난 손으로 은폐했던 학살
당신들 못되고 못난 손으로 인멸했던 학살
숱하디숱한 학살 학살 학살 학살
콸콸 뿜어 나오는 피에 땅껍질이 물컹해졌던 학살

그리하여 대한민국 국가는 들으라!

환하니 해밝은 대낮에건
천지사방 컴컴했던 한밤에건

어질 량 자 양민들 등에다 대고 배에다 대고
꿈벅꿈벅 그 순하고 겁먹은 눈동자에다 대고
무참히 무참히도 총을 갈긴
무참히 무참히도 대검을 꽂은
감히 국가라는 이름의 당신들 당신들

그리하여 대한민국 국가는 들으라!

한집안 식구를 마당에 전부 끌어내 찌르고 쏘고 또 쏘고
그러곤 우물 옆에 거적때기로 둘둘 말아 놓은 시신들
한동네 주민들을 학교 운동장에 지서 공터에 다 모아다
다시 골짜기로 끌고가 집단총살 암매장한 시신들
장작 무더기에 층층이 눕혀서 기름으로 불태운 시신들
당신들 국가폭력의 광포한 놀음질에
처참하게 절통하게 도륙이 난 사람들 사람들 사람들
죽인 자도 죽은 자도
그것은 인간이 아니었던 인간사냥
그 개죽음 떼죽음 그 개죽음 떼죽음

그리하여 대한민국 국가는 들으라!

>
시신 더미 속에서 아버지를 보고도 엄마를 보고도
큰누나와 둘째 형 이쪽 또 외삼촌을 보고도
남편을 보고도 아아 자식새끼를 보고도
장성한 자식새끼 쭉 뻗은 눈 뜬 시체를 보고도
나는 이 사람 모르는 거요
나는 이 사람들 모르는 거요
얼굴을 돌리며 쉬쉬쉬 숨겨야 했던 죽음
이내 떨어져 내리는 뚝뚝 피눈물을 감춰야 했던 죽음

그리하여 대한민국 국가는 들으라!

국가가 국가다워야 하는 국가의 사명을
국가가 국가다워야 하는 국가의 책무를
국가가 국가다워야 하는 국가의 소임을
국가가 국가다워야 하는 국가의 본분을
국가가 국가다워야 하는 국가의 도리를
국가가 국가다워야 하는 국가의 철학을
국가가 국가다워야 하는 국가의 정신을
국가가 국가다워야 하는 국가의 양심을
그 음흉스럽고 간악스러운 웃음 밑에

모조리 짓뭉개고 팽개쳤던 당신들 당신들

그리하여 대한민국 국가는 들으라!
그리하여 대한민국 국가는 들으라!

대한민국의 경찰은 들으라!
대한민국의 군대는 들으라!
미합중국의 주둔군 또한 들으라!
그리하여 대한민국 국가는 들으라!

긴긴 세월 삭히고 삭힌 진혼의 넋두리마저
독사 같은 무리들이 사방 둘러친
높다란 담벽에 걸려 후두두 바닥으로 질 적마다
고인은 고인들대로
또 유족은 유족들대로
열 번이고 스무 번이고 다시 죽어야 했던 죽음
그러나 숨골을 후비며 스미는 한 맺힌 통곡 소리에
아직도 잠들지 못한 죽음
아직도 죽지 못한 죽음

\>
그리하여 대한민국 국가는 들으라!

고인 한 사람 한 사람의 낡고 닳은 위패 앞에
유족 한 사람 한 사람의 늙고 주름진 얼굴 앞에
엎디어 고백하고 용서를 구하라
오직 뼈로 우는 고인 앞에
창자로 우는 유족 앞에
조아려 고백하고 용서를 구하라
바로 당신들 못되고 못났던 그 손으로
고인과 유족이 쏟은 피와 눈물과 한을 꾹꾹 찍어
써 내려가는 한 자 한 자 속죄와 해원의 언어가
백 장 천 장 빼곡하게 채워질 때까지
고백하고 용서를 구하라
고백하고 용서를 구하라
국가가 정녕코 국가다워야 하는 국가의 이름으로
당신들 고백하고 용서를 구하라

그리하여 대한민국 국가는 들으라!

나의 시론

내 시는 과연 어디에 닿았는가
진지하게 정직하게 물으라
겉 피부 살갗에 닿았나
살갗 지나 살 지나 뼈 위에는 닿았나 아니면
뼈까지 뚫고 내려 골수 안 깊숙이 닿았나
매일같이 머리가 아니라 몸뚱이에 물으라
오늘 내 시의 착점지대는 어디였나를

해 설

따뜻한 수다, 현상에서 구조로
─윤중목 시집 「화방사 꼬마」 읽기

오민석(문학평론가, 단국대 명예교수)

1

　윤중목은 이야기꾼이다. 거대서사(grand narrative)가 사라진 자리를 그는 무수히 작은 이야기들로 채운다. 이야기는 그가 세계에 말을 걸고, 세계를 해석하고, 세계에 개입하는 독특한 형식이다. 그의 이야기들은 시-중-종의 완결된 구조를 가진 것들이 아니다. 그것은 때로 사건의 시작이거나 중간이며 혹은 결말이다. 이것들은 최소한의 주부主部와 술부述部를 가지고 있으므로 츠베탕 토도로프(T. Todorov)의 용어로 말하면, 일종의 '명제(proposition)'들이다. 토도로프의 서사 이론에서처럼 이 명제들이 모여 '연속체(sequence)'를 이룬다. 연속체는 어떤 상태가 어떤 원인의 개입으로 새로운 상태로 바뀌는, 서사의 기본 양식을 말한다. 그의 시들은 일련의 명제에서 연속체로 가는 길목에 있으며, 이 시집은 그렇게 모인 것들이 마침내 도달한 하나의 '텍스트text'라고 보면 된다. 토도로프의 서사 이론에서 텍스트는 서사의 마지막 단계이다. 이 시집에선 파편적인 작은 이야기(명제)들이 모여 마침내 하나의 이야기–텍스트를 이루는데, 각각의 이야기들은 그 자체로는 미완결이지만 모자이크 텍스트의 조각처럼 완결된 전체의 일부를 이룬다.

> 왜 나는 조그마한 일에만 분개하는가, 라고
>
> 어느 날 고궁을 나오면서
>
> 시인 김수영은 자탄했다나 본데
>
> 나는 오늘 집구석 소파에서 TV를 보면서
>
> 왜 류현진 방어율 치솟은 거에나 흥분하는가
>
> 그래서 사이영 상인지 사이언 상인지
>
> 타기는 이제 글른 거에 열을 내고 그러는가
>
> 연봉 2백억 받는 메이저리그 투수의 방어율이
>
> 내 2천만 원 캐피털사 대출금 14.75% 이자율보다도
>
> 더 쌍심지를 켜댈 일이냐, 그게
>
> ──「김수영과 류현진과 나」전문

이 시는 발단–전개–대단원의 통상적인 서사구조를 가지고 있지 않다. 이 시는 그 자체가 발단이거나 전개 혹은 대단원의 일부이다. 이 시 속의 이야기는 영화의 신scene처럼

평면적이다. 그러나 여러 개의 신들이 모여 극적 사건이 되는 것처럼 이 시는 거대한 사건—텍스트의 한 부분을 이룬다. 만일 누군가 이 시를 다 읽은 후에 '그래서 어쨌다는 건가?'라는 질문을 던진다면, 생략된 거대서사의 줄거리들이 바로 펼쳐진다. 어마어마한 연봉의 프로 스포츠 세계와 고금리의 제3금융권 대출에 기대어 사는 화자의 이야기는 서로 대조되고 겹치면서 후기 자본주의 사회의 총체적 서사를 보여준다.

> 써늘한 골목길 쫓겨 다니는
> 야참 장수 입김 떨리는 소리.
> 배 꺼져 멀뚱대던 아이들
> 사르륵 침 고이는 소리.
>
> "찹싸~~ㄹ 떠~ㄱ"
> "메미~~ㄹ 무~ㄱ"
> "찹싸~~~~ㄹ 떠~ㄱ"
> "메미~~~~ㄹ 무~ㄱ"
>
> ―「겨울밤」 부분

정지된 사진 같은 이 시는 침묵의 평면에 60~70년대를 관통했던 가난과 배고픔의 긴 이야기를 담고 있다. 이 시대를 관통해 온 독자라면 이 시를 읽는 순간 자신이 겪은 다양한 이야기들이 시의 미장센 안에 자동 배치됨을 느낄 것이다. 윤중목의 시들은 이렇게 각각 그 안에 긴 서사를 잉태한 이야기의 씨앗들이다. 그것은 싹이 트는 소리나 모습만으로도 시대의 총체를 불러낸다. 윤중목이 최종적으로 불러내는 이야기는 거대서사만이 아니다. 윤중목의 시선은 구조에서 현상으로 이동하지 않는다. 그의 눈길은 늘 현상에서 시작하여 구조로 옮겨 간다. 그는 현상 속에서 혹은 현상을 거쳐 시스템 혹은 구조에 도달한다. 그의 추상은 늘 구체적인 경험의 결과이다. 그에게 중립적인 시스템이란 없다. 현상을 읽어 내는 각도에 따라 시스템의 기울기가 읽힌다. 윤중목이 취하는 각도는 그의 따뜻한 심성에서 비롯된다. 이 시집은 편마다 이야기를 담고 있는데, 말하자면, 그는 이 시집 내내 '따뜻한 수다'를 떨고 있는 셈이다. 그의 이야기를 듣다 보면, 그가 얼마나 따뜻하게 사람과 사물을 대하는지 알게 된다. 그 따뜻함은 그의 품성이면서 동시에 세계관이다.

옥수동 병순이네 다가구주택 옥상 베란다는 동네 비둘기들의 휴게소가 되어 버렸다. …(중략)… 이제는 숫제 식구몇까지 데리고서 한 대여섯 마리가 아침이면 쭈우욱 베란다로 모여드는 거야. 김광섭의 성북동 비둘기는 콩알 하나찍어 먹지 못하고 채석장 포성에 피난하듯 쫓겨 다녔다는데 병순이네 옥수동 비둘기는 그나마 다행일까. 달큰한 스낵부스러기로 허기진 배를 채우고 푸드덕 지붕마루에 올라앉아 희뿌연 공기에 근시로 변해 버린 쌀톨 같은 눈알을 껌벅

껌벅하며 떠나온 성북동 파란 하늘을 그리워한다.

—「옥수동 비둘기」부분

　비둘기들이 베란다에 몰려드는 이유는 사람이 먹이를 주기 때문이다. 이들은 자신들을 궁휼히 여기는 사람의 마음 때문에 사람의 거주 공간에 몰려든다. "다가구주택"은 대체로 형편이 넉넉하지 못한 사람들이 다닥다닥 붙어 사는 공간이다. 이 시는 이렇게 동물과 사람, 사람과 사람이 서로 가까워지는 모습을 그리고 있다. 타자에게 가까이 가서 그것과 하나가 되려고 하는 본능을 프로이트는 에로스(사랑) 본능이라 불렀다. 성북동 "채석장"이 개발과 파괴와 죽음 본능이 지배하는 공간이라면, "병순이네 다가구주택 옥상 베란다"는 따뜻한 사랑이 지배하는 공간이다. 그것은 가난을 견디게 하는 정념이며, 파괴적 문명에 저항하는 힘이다. 시인은 왜 하고많은 장면 중에서 이런 풍경에 꽂혔을까. 그것은 그의 인성과 세계관이 사랑에 뿌리박고 있기 때문이다. 여기에서 말하는 '사랑'이란 (있어도 좋고 없어도 좋을) 사적인 '성향'이 아니다. 그것은 이데올로기이고 사상이며 세계관이다. 그것은 그런 성향과 대척점에 있는 사회를 비판하는 지성이고, 그것에 도달하지 못하는 세계를 채찍질하는 유토피안 욕망이며, 마침내 그로 하여금 시를 쓰게 하는 힘이다.

2

　윤중목은 왜 이야기(스토리)에 집중할까. 내가 볼 때 이는 그가 영화인으로 활동하고 있다는 사실과 무관하지 않다. 그는 영화평론가로서 이미 두 권의 단독 저서와 공저를 내었으며 영화 단체의 대표를 역임하였고, 영화제의 집행위원장을 맡고 있다. 다양한 각도에서 영화를 이야기할 수 있지만, 영화의 뼈대는 무엇보다도 스토리 텔링 혹은 내러티브이다. 영화는 스토리를 조직하고, 표현하며, 관리하는 대표적인 예술 중의 하나이다. 윤중목은 영화인답게 스토리가 세계를 설명하는 유효한 장치라는 사실을 절감하고 있다. 인류는 먼 고대로부터 스토리를 발명하여 인간과 세계와 신을 설명하였다. 세계의 원리와 신들의 세계는 스토리 속에 배치되어 왔으며, 사람들은 세계를 정지된 그림이 아니라 움직이는 드라마로 이해하게 되었다. 윤중목은 마치 영화의 장면을 촬영하듯 시를 쓴다. 페이지를 넘기며 각각의 장면들이 이어질 때, 정지된 장면들은 움직이는 이야기가 된다.

　　출입구는 전부 봉쇄되었다.
　　계단 통로마다 화약 냄새 구릿한 총신이 번득인다.
　　뒤편의 비상구도 황록색 독가스로 뿌옇게 덮여있다.
　　반사적으로 빠르게 창밖을 내다본다.
　　뛰어내리는 것은 누가 봐도 자살행위다.

이윽고 전등이 모두 나가며 어둠의 공포마저 가중된다.

아주 낮게 삐삐거리는 무전기 소리가

곤두선 신경 다발의 더듬이에 날카롭게 탐지된다.

그 위에 곧바로 포개지는 저벅저벅, 저벅, 저벅

포위망을 좁혀오는 진압군의 묵중한 워커발 소리.

세 명인가? 네 명? 아니 다섯? 여섯 명?

순간 일제히 걸음이 멈추더니 제자리에 붙어서서 미동
조차 않는다.

뭐지? 극도의 긴장감에 심장 고동소리도 숨소리도 따
라 멎는다.

이어 움츠러진 등골을 타고 주룩 식은땀이 흘러내리자

공기 속 도사리던 살기가 썩은 독사 같은 비린내를 뿜는다.

그때였다.

쾅! 쾅쾅! 쾅!

연달은 폭발음과 함께 오관이 부르르 떨리고

뒤틀려지는 얼굴 근육 위로 날아와 꽂히는

아악!

숨통이 끊기는 듯 찢어지는 외마디소리.

....

....

....

주변이 훤하게 밝아지며 장내 스피커가 붕붕대기 시작한다.

"알려드립니다, 알려드립니다.

지금까지는 실제상황이 아니라 훈련상황이었습니다."

"다시 한번 알려드립니다.

지금까지는 실제상황이 아니라 훈련상황이었습니다."

———「파블로프의 개」 전문

이 시집의 첫 수록작인 이 시는 진압군에게 사살당하는 시위대의 끔찍한 비극을 마치 영화 장면처럼 생생하게 재현하고 있다. 화약 냄새, 총신, 독가스, 전등, 무전기 소리, 워커발 소리, 폭발음과 함께 죽어 가는 사람들, 이 모든 것은 마치 영화의 미장센처럼 면밀한 계산 속에서 배치되고, 이 대목에서 (영화의 스크립트처럼) 언어적인 것은 모두 시각적이고 청각적인 것으로 전화된다. 독자들은 이것이 "실제상황이 아니라 훈련상황"이라는 메시지가 치고 들어올 때, 그리고 이 작품의 제목이 "파블로프의 개"라는 것을 인지할 때야 비로소 영화적인 것에서 시적인 것으로 돌아온다. 이 시는 이렇듯 영화적인 것과 시(언어)적인 것의 교묘한 배합을 통해 악몽처럼 반복되는 항쟁과 진압의 아픈 기억을 노래하고 있다. 광주 항쟁이라는 한국적 맥락을 지운다면, 이 시는 진압군의 형태로 주체들을 끊임없이 협박하는 시스템, 권력, 자본의 전략에 대한 신랄한 풍자로 읽힐 수도 있다. 영화 대본을 방불케 하는 이런 기법은 「화방사 꼬마」「방생」 같은 작품들에서도 사용된다.

경상남도 남해군 망운산 화방사에는

일곱 살 난 꼬마둥이가 살았더랬지.

송씨 성 가진 사내애였어.

세 살 때 아빠가 데리고서 절에 며칠 묵었는데

읍내에 볼일 보고 온다며 가서는 돌아오질 않았대.

하는 수 없이 스님들이 맡아 키웠다는군.

종무소 보살 말씀이 그래.

그 아이 어린이집 수첩에도

부모란에 '스님'이라 적혀있었고.

저녁 공양 후, 사흘째 본 내 얼굴이 익었나

수수께끼인지 스무고갠지 옆에 착 붙어 종알대더니만

아저씨 등 가렵다고 등 긁어달라네?

녀석 반죽이 좋은 건가 사람 손길이 그리운 건가,

옷 속으로 손을 넣어 스슥슥 삭삭 긁어줬지 뭐.

아 시원해!, 하며 이번에는 글쎄 배도 쓸어달래요.

반질반질 아이 피부가 감촉이 썩 괜찮더라만

공연한 인연 만들어질까 슬쩍 염려가 되고.

그때 코앞으로 빨따닥 일어나 앉으면서

녀석이 헉, 내일도 또 쓸어달라는 거야.

음 으 그래… 아저씨 안 바쁘면… 끝을 흐리며

내일 아침 서울로 떠난다는 말 차마 하지 못했어.

                                        —「화방사 꼬마」 전문

이 시집의 표제시인 이 작품은 문학적인 분위기를 듬뿍

담고 있다. 1연의 배후에 생략되었을 이야기를 복원하면 아름답고도 슬픈 영화 한 편의 스토리가 만들어지고도 남을 것이다. 2연은 지금 그대로 옮겨도 영화의 한 장면이 된다. 윤중목은 이렇게 태생적인 (영화주의자이고) 스토리주의자이다.

그가 꾸려내는 이야기는 크게 세 가지의 동심원을 중심으로 이루어져 있다. 가장 큰 동심원은 신자유주의라는 맥락이다. 신자유주의는 이 시집에서 일어나는 이야기들 대부분에서 가장 큰 배경을 이룬다. 「군중」「신자유주의」같은 작품들(주로 1부)은 신자유주의가 어떻게 주체들을 무한경쟁 속으로 몰아넣으며 탈인간화하고 수탈하는 자본-기계인지를 잘 보여 준다. 두 번째 동심원은 전태일, 광주 항쟁, 분단, 양민 학살, 항일운동 등으로 이어지는 역사의 굵직굵직한 사건들이다. 주로 4부에 실려 있는 「위인 동상 3등」「부활」「그리하여 대한민국 국가는 들으라」등의 작품들은 이런 계열에 속한다. 신자유주의가 이 시집의 공시적(synchronic) 배경이라면, 이런 역사적 사건들은 통시적(diachronic) 배경이다. 윤중목은 현세의 지배적인 공시태와 먼 과거에서 이어져 내려온 통시태를 날실과 씨실로 엮으면서 아픔과 분노와 절망으로 점철된 삶을 이야기한다. 그가 만들어 낸 동심원들 중에 소소하면서도 가장 인간적인 냄새를 풍기는 작품들은 주로 2~3부에 나오는 소시민적 주체들의 이야기들이다.

뭐 드시겠습니까 얼떨결에 물냉이요

아니 비냉요 아아 아뇨 물냉요

후룩후룩 젓가락질이 바쁘면서도

머릿속은 계속해서 티격태격이다

에이 비냉이 나을 뻔했어 비냉이

그래도 아냐 물냉이지 물냉 그 순간

왈칵 부끄럼이 쏟아진다 못난 놈

천하를 논하기는 고사하고

—「다들 이렇쥬?」 부분

　　신자유주의라는 자본-기계와 역사라는 거대서사 앞에
서 개인은 얼마나 무력한가. "역사는 우리를 해친다(History
hurts)"는 프레드릭 제임슨(F. Jameson)의 말처럼, 역사는 개
인의 사정을 봐주지 않으며, 그 거대한 수레바퀴로 개체의
소망과 안전과 권리를 언제든지 무참히 깨부순다. 그 앞에
서 주체가 할 수 있는 일이 고작 비냉이냐 물냉이냐를 선택
하는 정도밖에 없다면, 그리고 때때로 그것도 제대로 선택
을 하지 못한다면, 얼마나 한심한 일인가. 그러나 놀랍게
도 이 한심한 주체들이 거대서사와 '맞짱 뜨는' 것이 역사적
삶이라면 또한 어쩔 것인가. 의식하든 의식하지 않든, 모

든 주체는 시스템, 구조의 거대한 폭력 앞에 항상 노출되어 있다. 주체들은 그것들의 위력 앞에서 흔적도 없이 깨지기도 하지만, 자신의 한계를 넘어 싸우기도 한다. 그것에 대한 시스템의 대답은 존재의 생물학적 죽음이다. 그 무수한 헌신들이 축적될 때, 놀랍게도 사회-역사-기계, 시스템, 구조도 천천히 바뀐다. 역설적이게도, 인간은 시스템 앞에서 가장 무력한 존재이며 겁도 없이 그것과 싸워 그것을 바꿔 나가는 유일한 존재이기도 하다.

3

요약이 허용된다면, 윤중목의 이야기판은 신자유주의의 거대서사와 무력하기 짝이 없는 개체의 소서사(petit narrative) 사이에 있다고 보면 된다. 그에게 시는 절망하는 개체의 목소리이자 동시에 시스템에 패배하기를 거부하는 개체의 스토리 텔링이다. 그의 이야기들은 한심할 정도로 무력한 개체들이 그 무력의 지평에서 똑같이 무력한 타자들을 따뜻하게 껴안는 소서사들이면서, 동시에 시스템의 무자비한 폭력을 인지하고 끝까지 그것을 거부하는 초개체적(transindividual) 서사이기도 하다.

신이 만든 자연의 법칙은
절대 불변이라고

그렇기에 물은 어디서나 항상

높은 곳에서 낮은 데로 흐른다고

한데 왜 오바이트란 게 있잖나

밤새 마신 소주건 막걸리건 맥주건

더불어 시켜 먹은 낙지소면의 토막 난 국수 가닥과

반쯤 소화된 빨판 달린 낙지다리 쪼가리까지

필시 낮은 데서 높은 데로

왈칵 다 쏟아 내지 않던가

이렇듯 우웩, 웩, 오바이트는

만고의 법칙마저 일거에 뒤집어 버리는

육덕진 반항일지니

체제 전복일지니

그게 바로 시일지니

시는, 오바이트이어야 할지니

—「오바이트」 전문

특유의 낙천성과 유머를 동원하고 있지만, 그리하여 내심 진지하지 않은 척하지만, 이 작품은 글쓰기의 전복성에 대한 매우 진지한 이야기이다. "절대 불변"할 것처럼 보이는 것은 시스템이다. 시스템은 미약한 개체엔 철옹성이나 다름없다. 역사상 모든 시스템은 오랜 시간 절대 무너지지 않을 것처럼 강고했다. 고대 노예제 사회가 그러했고, 중세 봉건제 사회가 그러했다. 그러나 그것에 저항하는 무수한 개체들의 힘으로 그것들은 모두 몰락했다. 한 시스템이 몰락하고 새로운 시스템이 등장하는 과정을 '역사의 필연성'이라 한다면, 그것은 불가능의 벽을 거꾸로 오르는 (무력한) 개체들에 의해 현실화된다. 시인은 "만고의 법칙마저 일거에 뒤집어 버리는/ 육덕진 반항"을 "시"라 명명하고 있다. 이런 점에서 윤중목에게 글쓰기란 낡은 체제를 뒤엎는 일이고, 동일성의 반복을 타자성의 개입으로 중단하는 일이다.

내 시는 과연 어디에 닿았는가
진지하게 정직하게 물으라
겉 피부 살갗에 닿았나
살갗 지나 살 지나 뼈 위에는 닿았나 아니면
뼈까지 뚫고 내려 골수 안 깊숙이 닿았나
매일같이 머리가 아니라 몸뚱이에 물으라
오늘 내 시의 착점지대는 어디였나를
─「나의 시론」 전문

그는 자신에게 묻는다. 무력한 개체가 어떻게 불가능의 벽을 넘을 수 있을까. 시인에게 이 질문은 다음과 같이 환치된다. "내 시는 과연 어디에 닿았는가". 시인은 자신의 시가 닿아야 할 지점을 몸의 "골수"라 명한다. 오로지 "뼈까지 뚫고 내려 골수 안 깊숙이" 닿을 때, 기호는 상징계의 벽에 구멍을 낸다. 죽음의 서사와 함께 상징계에서 실재계로

몸을 날리는 순간, 무력하기 짝이 없는 주체는 시스템에 작은 상처를 낸다. 그 상처들이 오래 모여 축적될 때, 시스템에 균열이 일어난다. 윤중목의 시들은 따뜻한 수다로 그런 싸움을 이끌어 간다.